Ce livre a été
offert par :

Retrouvez tous les prénoms sur
www.lelivredemonprenom.fr

Éditions First, un département d'Édi8
12, avenue d'Italie
75013 Paris – France
Tél. : 01 44 16 09 00
Fax : 01 44 16 09 01
firstinfo@efirst.com
www.editionsfirst.fr

ISBN : 978-2-4120-2329-7
Dépôt légal : mars 2017
Création graphique : Lisa Magano - Nicolas Galy pour NoOok
Mise en page : WarzalaWorks
Imprimé en France par Pollina - 81394

Le livre de
mon prénom

Antoine

Jules Lebrun
avec la collaboration de
Stéphanie Rapoport

FIRST
Editions

Ce livre dévoile tous les secrets du prénom **ANTOINE** !

L'ÉTY**MOLOGIE**

LE CARACTÈRE

Les adjectifs
qui lui vont le mieux

LA COULEUR

Le chiffre

LA PIERRE

LE JOUR DE FÊTE
ET L'HISTOIRE
DE SAINT ANTOINE

LES VARIANTES DU PRÉNOM

Le nombre d'Antoine en France ET DANS LE MONDE

LA POPULARITÉ ET LES TENDANCES D'ATTRIBUTION

L'âge moyen

LES ANTOINE CÉLÈBRES

Les informations insolites

« Certains prénoms sont comme
la bande-annonce du destin
de ceux qui le portent. »

La Tête de l'emploi de David Foenkinos

« Un des plus beaux cadeaux que
nous ait fait la vie, c'est quand
notre prénom a l'air d'un mot gentil. »

L'Essentiel de Ginette Reno (paroles de Charles Aznavour)

« Le prénom est la clé de la personne.
C'est le cliquetis délicat de sa serrure
quand on veut ouvrir sa porte. »

Acide sulfurique d'Amélie Nothomb

L'ÉTY**MOLOGIE**

Le prénom **ANTOINE**
vient du latin *antonius*
qui signifie
« inestimable »,
ou du grec *anthos*,
« la fleur ».

LE CARACTÈRE

ANTOINE FAIT PREUVE D'UNE **JOIE DE VIVRE** ENTHOUSIASMANTE.

Doté d'une nature positive, il va de l'avant et voit toujours le bon côté des choses.

C'EST UN OPTIMISTE NÉ.

Il est capable de déployer beaucoup d'énergie, mais celle-ci a besoin d'être canalisée.

ANTOINE EST QUELQU'UN QUI FAIT CONFIANCE AUX AUTRES ET QUI A BESOIN DE CONSEILS EXTÉRIEURS POUR SE FAIRE UN JUGEMENT.

Ce n'est pas un leader mais il sera un excellent adjoint ou bras droit.

Antoine détient des valeurs morales et humaines élevées.

Il fait preuve de courtoisie et de politesse et veille à ne pas embarrasser les personnes qu'il côtoie. Il est sensible, même s'il ne souhaite pas mettre en avant cet aspect de sa personnalité.

>>>

ANTOINE

EST **TRAVAILLEUR**.

Le sens du détail n'est pas sa priorité, en revanche il mettra tout en œuvre pour atteindre ses objectifs.

LA RÉUSSITE MATÉRIELLE ET FINANCIÈRE COMPTE POUR LUI

ET IL CHERCHERA À VIVRE CONFORTABLEMENT DU FRUIT DE SON TRAVAIL.

Antoine accorde beaucoup d'importance à l'amitié.
IL A DE NOMBREUX AMIS AVEC QUI IL PASSE DU TEMPS. **IL AIME FAIRE LA FÊTE ET SE MONTRE TOUJOURS GAI ET JOVIAL.**

Antoine est très proche de sa famille, c'est une valeur fondamentale pour lui. Il veut avoir des enfants et s'en occupera très bien. Il met parfois un peu de temps à trouver sa compagne car il a un degré d'exigence élevé. Mais, une fois celle-ci choisie, *il sera un mari loyal et bienveillant.*

LES **ADJECTIFS** QUI LUI VONT LE MIEUX

OPTIMISTE
Énergique
JOYEUX
LOYAL
Sensible
COURTOIS
BIENVEILLANT

SI **ANTOINE**
ÉTAIT UNE
pierre
semi-précieuse
IL SERAIT
UNE
TOPAZE

LA COULEUR
ATTACHÉE À ANTOINE
EST **LE JAUNE**

Couleur primaire et chaude, le jaune fait référence au soleil, à la lumière, à l'action et à la science.
C'est également la couleur de l'or, de la gaieté et de la richesse.

AVEC **LE JAUNE**,
IL Y A DE LA JOIE !

YELLOW
GIALLO
GELB
AMARILLO
KITRINO
ZHOLTIJ
צהוב (TSAHOV)
أصفر (SUFRA)

6

La signification numérologique
du prénom Antoine correspond

AU **CHIFFRE** 6.

Le 6 est le symbole de
l'harmonie
et de *la sensibilité*.
Les Antoine recherchent la **beauté**
dans leur environnement.

Le 6 représente également
l'exigence
et *la compassion*.

À vos côtés, les autres veulent donner le meilleur d'eux-mêmes !

LE JOUR

13 JUIN

Jour de célébration de **saint Antoine de Padoue**, en hommage à Fernand de Bouillon, originaire de Lisbonne au Portugal qui vécut au XIIIe siècle et qui demeure un des prédicateurs franciscains les plus connus. Il fut canonisé moins d'un an après sa mort, le 30 mai 1232, par le pape Grégoire IX.

DE FÊTE

LE DICTON DU JOUR

« Pour la Saint-Antoine, les jours croissent comme la barbe d'un moine. »

VARIANTES DU PRÉNOM **ANTOINE** DANS *d'autres langues*

En anglais : **Anthony**

En italien : **Antonio**

En allemand : **Anton**

En espagnol : **Antonio**

En russe : **Антон** (Anton)

En grec : **Antonios**

Variantes du prénom **ANTOINE** dans les langues régionales

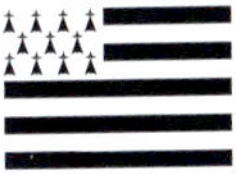

En breton : **Anton**

En basque : **Andoni**, **Anton**, **Antonio**, **Antton** ou **Antxon**

En occitan : **Antòni**, diminutif **Titouan**

ANTOINE

ANTOINE
EN FRANCE

AU DERNIER RECENSEMENT,
203 000 ANTOINE
SONT COMPTABILISÉS EN FRANCE

Antoine est le 40e prénom le plus attribué depuis 1900.

CE QUI
CORRESPOND
À **0,3 %**
DE LA
POPULATION

ANTOINE

DANS LES DÉPARTEMENTS

2^{e}

HAUTS-DE-SEINE (92)

3^{e}

BOUCHES-DU RHÔNE (13)

Les départements dans lesquels le prénom Antoine a été le plus donné (en 2015) :

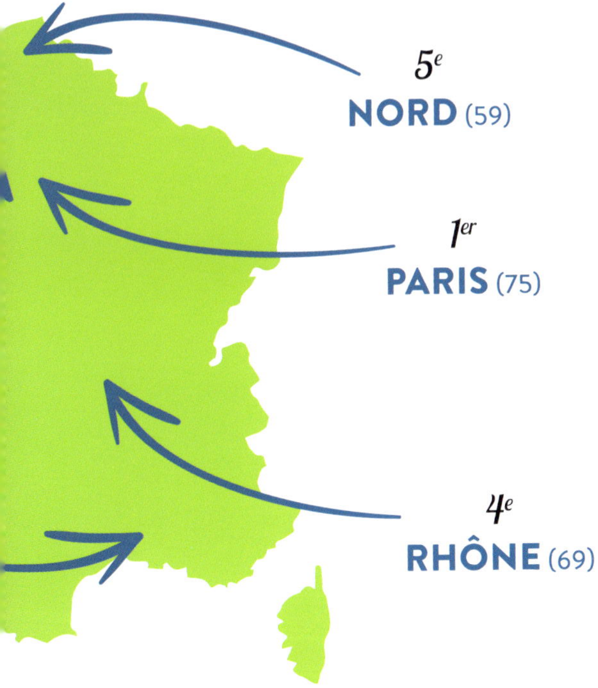

ANTOINE
DANS LE MONDE

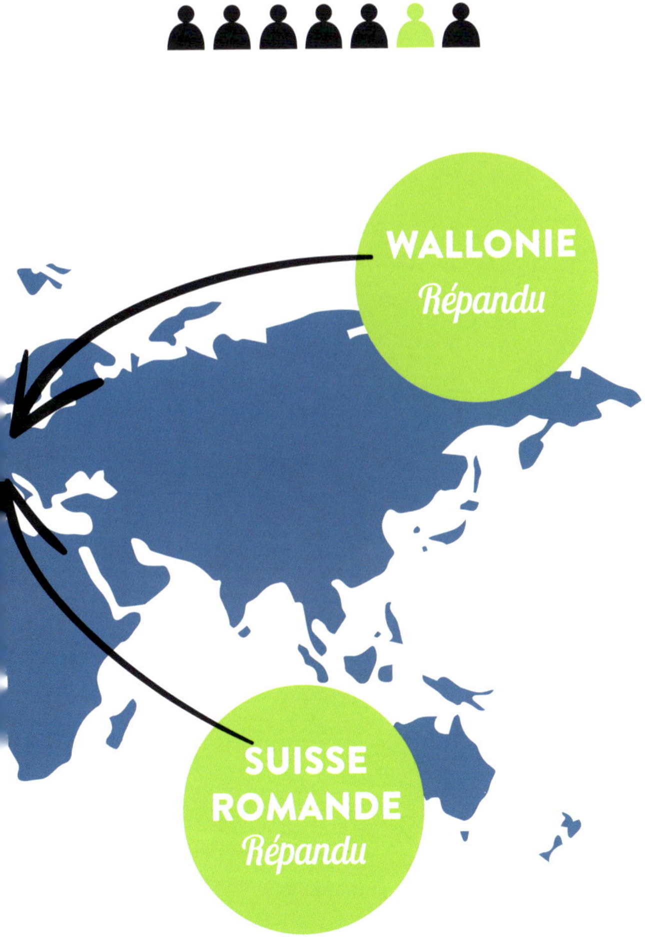
WALLONIE
Répandu
SUISSE
ROMANDE
Répandu

CE PRÉNOM
FAIT PARTIE DES
40 PRÉNOMS
LES PLUS DONNÉS
avec une tendance
à la baisse de
son attribution.

1

L'année **1996** correspond à l'année où le prénom **Antoine** a été le plus donné.

6 751 PETITS GARÇONS L'ONT REÇU CETTE ANNÉE-LÀ !

L'âge moyen
constaté pour
les personnes
qui portent
le prénom Antoine
est **31 ans.**

LES **ANTOINE** CÉLÈBRES

★ ANTOINE ARNAULT ★

né le 4 juin 1977, est le fils de Bernard Arnault et occupe des fonctions de direction au sein du groupe LVMH, notamment la direction générale de Berluti.

★ ANTOINE DE CAUNES ★

né le 1er décembre 1953, est un animateur, acteur et scénariste français. Sa participation dans l'émission *Nulle part ailleurs* sur Canal+ l'a fait connaître du grand public.

★ ANTOINE DE SAINT-EXUPÉRY ★

né le 29 juin 1900 et décédé le 31 juillet 1944, est un écrivain, reporter et aviateur français. *Le Petit Prince* est son œuvre la plus célèbre.

★ ANTOINE CLAMARAN ★

né le 8 novembre 1964, est un DJ français qui a connu une carrière internationale et qui a vendu plus d'un million de disques.

ANTOINE AUGUSTIN PARMENTIER

né le 12 août 1737 et mort le 17 décembre 1813, est un pharmacien, agronome, nutritionniste français. Il a beaucoup œuvré pour la consommation de la pomme de terre.

ANTOINE PINAY

né le 30 décembre 1891 et mort le 13 décembre 1994, fut un homme politique français plusieurs fois ministre. Il obtint de nombreux mandats parlementaires et locaux.

ANTOINE WAECHTER

né le 11 février 1949, est un homme politique français pionnier dans l'engagement écologique. Il fut candidat à l'élection présidentielle de 1988 avec les Verts.

★ ANTOINE **FUQUA** ★

né le 19 janvier 1966 à Pittsburgh, est un réalisateur américain. Il a, entre autres, réalisé le film *Training Day* pour lequel Denzel Washington a reçu un Oscar.

★ ANTOINE **BECQUEREL** ★

né le 7 mars 1788 et décédé le 18 janvier 1878, est un physicien français. Son petit-fils, Henri Becquerel, suivra sa voie et partagera le prix Nobel de physique en 1903 avec Pierre et Marie Curie.

ANTOINE
C'EST AUSSI...

... UN THÉÂTRE
SITUÉ DANS LE 10e
ARRONDISSEMENT
DE PARIS.

... une ville
américaine de
l'*Arkansas*.

… une entreprise belge fabriquant des voitures et des motos.

… UNE CHANSON DE **MICHEL BERGER**.

… l'anagramme d'« **étonnai** ».

... le célèbre
chanteur
navigateur.

... ANTOINE & LILI,
une marque parisienne de
vêtements colorés.

... UN NOM
DE FAMILLE
RÉPANDU.

... une marionnette célèbre à la télévision et à la radio québécoises, l'Oncle Antoine.

... le nom de rivières aux **États-Unis** et au **Québec**.